www.loqueleo.com

© 2011, Edgar Allan García
© De esta edición:
  2017, Santillana S. A.
  Calle de las Higueras 118 y Julio Arellano, Monteserrín
  Teléfono: 335 0347
  Quito, Ecuador

  Av. Víctor Emilio Estrada 626 y Ficus, Urdesa Central
  Teléfono: 461 1460
  Guayaquil, Ecuador

ISBN: 978-9942-19-347-6
Derechos de autor: 040357
Depósito legal: 004885
Impreso en Ecuador por Imprenta Mariscal

Primera edición en Santillana Ecuador: Julio 2011
Primera edición en Loqueleo Ecuador: Mayo 2016
Décima reimpresión en Santillana Ecuador: Junio 2017

Editora: Annamari de Piérola
Ilustraciones: Roger Ycaza
Actividades: Marlon López
Corrección de estilo: María de los Ángeles Boada
Diagramación: Rocío Romero
Supervisión editorial: Sylvia Gómez

Fábulas vueltas a contar

Edgar Allan García

loqueleo

Como siempre, para mis fabulosos
Saraluz, Juan, Solsiré y Alejandro.

Índice

La hormiga amiga
y la cigarra guitarrera

La hormiga caminaba y andaba, subía y bajaba, trabajaba y trasubía, sudaba y resoplaba, toda la mañana, toda la tarde, hasta la noche. Apenas veía un granito de arroz, lo levantaba y lo llevaba al hormiguero. Apenas veía un trozo de caramelo, lo levantaba y lo llevaba al hormiguero. Apenas veía un pedazo de pastel, lo levantaba, se comía un poquito, y luego lo llevaba al hormiguero.

No paraba un momento y, si alguien la detenía para conversar, se justificaba:

—No tengo tiempo.

Y si alguien proponía:

—Vamos a tomarnos un vaso de agua.

Respondía:

—No tengo tiempo.

Y si alguien comentaba:

—Mira qué lindo atardecer.

Decía:

—No tengo tiempo.

Nunca tenía tiempo para otra cosa que no fuera caminar y andar, subir y bajar, trabajar y trasubir, sudar y resoplar.

—Oye, hormiga, vamos a cantar, a bailar, a pasear, a conversar...

—No tengo tiempo, no tengo tiempo, no tengo tiempo, puf, puf,

Y cuando llegaba la noche y por fin la hormiga se iba a la cama a descansar, empezaba el cri, cri, cri, el cra, cra, cri y el cri, cri, cra de la cigarra y su guitarra. La noche entera se llenaba de su música y el viento hacía que su canto volara, caracoleara, se enredara, saltara entre las ramas y las piedras del arroyo.

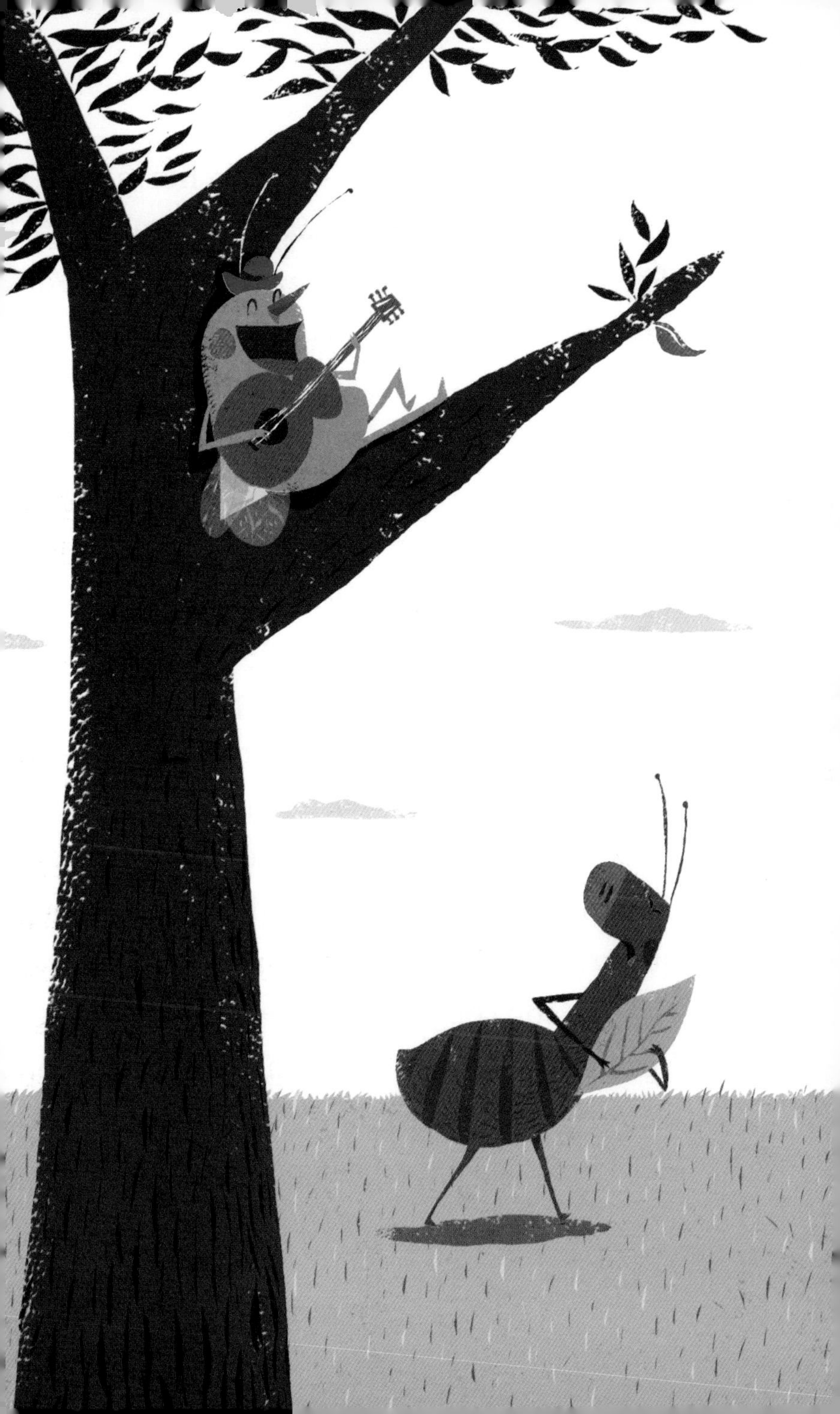

—Ay, esta cigarra —decía la hormiga—, otra vez cantando y tocando su guitarra. ¿Por qué no trabaja en vez de cantar? ¿Por qué no deja dormir?

Pero la cigarra no la escuchaba y seguía con su cri, cri, cri, con su cra, cra, cri y su cri, cri, cra.

Pasó el tiempo, y pasó no caminando sino volando, y empezó el frío del invierno. La hormiga estaba tan ocupada recogiendo ramitas, migajas y pepitas que ni siquiera sentía frío. La cigarra, en cambio, temblaba durante las noches, pese a que usaba gorro de lana de abeja y zapatos de cuero de mosca, porque para tocar su guitarra tenía que quitarse los guantes. Una madrugada, cayeron cop cop cop cop copitos de nieve y la pobre cigarra sintió que se iba a morir de frío.

Corrió, entonces, la cigarra hasta la casa de la hormiga y tocó a la puerta.

—¿Quién es? —preguntó la hormiga desde la mullida cama de hojitas de menta.

—So so so so... —contestó la cigarra.

—¿Quién es? —volvió a preguntar la hormiga.

—So so so so... —contestó la cigarra.

Curiosa por ver lo que pasaba, la hormiga se levantó y abrió la puerta. Ante ella apareció un fantasma.

—Huy —gritó—, un fantasma, ¡qué susto!

Y cerró la puerta con seguro.

—So so so so... —dijo la cigarra nuevamente.

La hormiga volvió a abrir.

—So so so soy yo —dijo, por fin, la cigarra, tapándose con su guitarra.

—¿Qué haces aquí? —quiso saber la hormiga.

—Qui qui qui... —dijo la cigarra.

—¿Eres la cigarra o el gallo?

—Qui qui qui... —volvió a decir la cigarra—. Qui qui qui quiero saber si pu pu pu...

—¡Ah, no! Aquí no puedes hacer pupú —dijo la hormiga ofendida.

—Si pu pu pu puedo pa pa pa pasar.

—Ah —dijo la hormiga— pasa, pasa, aunque pasas no tengo. Anda, di rápido qué quieres porque tengo mucho sueño.

—Es que que me me mue mue muero de fri frío —dijo la pobre cigarra.

—¿Frío? Ah, es que debe estar nevando, ¿verdad?

—No —dijo la cigarra—, no está nevando, está cayendo nieve, mu mucha nieve.

—Es lo mismo —dijo la hormiga—, creo que se te congeló el cerebro.

—Perdón —dijo la cigarra, entrando en calor.

—¿Y qué quieres?

—Quiero que me dejes pasar la
no es mucha molestia.

—¿La noche? Pero, ¿y tú no tienes

—Mi casa es la selva —dijo la cigarra—,
yo canto en todas partes y duermo, así mismo, en todas partes.

—Ya lo sé, no me has dejado dormir bien en
los últimos 12 meses, o sea, en toda mi vida.

—Lo siento —dijo la cigarra.

—Lo siento, lo siento, tú y tu guitarra ya
me tienen harta.

—¡Tienes chimenea! —exclamó de pronto la cigarra.

—Sí, pero yo trabajé para construirla y es
mía, solo mía.

—Y tienes mucha comida —observó la
cigarra.

—Sí, pero yo trabajé para juntarla y es
mía, solo mía.

—Pero es más de lo que podrías comer en todo el invierno —dijo la cigarra.

—Sí, ya lo sé, pero todo lo que ves aquí es mío, solo mío y para mí, nada más que para mí.

—Mala —dijo la cigarra, al borde de las lágrimas.

—¿Mala?, mientras yo me pasaba trabajando, tú te la pasabas cantando, ahora aguanta el frío.

—¿Me vas a mandar de regreso al frío? Tal vez no amanezca.

—Bueno, por ahora, está bien, pero mañana, te vas.

—Bueno —aceptó la cigarra resignada.

Y, al rato:

—¿Puedo cantar?

—No puedes cantar —dijo la hormiga.

—Es que es de noche y yo siempre canto y...

—No puedes cantar —repitió la hormiga.

—Es solo una canción —suplicó la cigarra.

—Bueno —dijo la hormiga, contrariada—, pero solo una.

La cigarra empezó:

—Cri cri cri, cra cra cri, cri cri cra.

—Ya basta —dijo la hormiga.

—Es que recién comienzo.

—Eso es todo —contestó furiosa la hormiga.

—Pero, mira, podrías bailar mientras yo canto —sugirió la cigarra.

—No sé bailar.

—¿No sabes bailar?

—No.

—Y, ¿cómo haces cuando vas de fiesta?

—Nunca voy de fiesta —dijo, tajantemente, la hormiga.

—¿Nunca?

—Nunca.

—Increíble. Bueno, entonces podrías cantar conmigo.

—No sé cantar.

—Es fácil —dijo la cigarra—, solo tienes que...

—No me gusta cantar.

—Es que...

—¡Es que nada!

—Pero...

—¡Pero nada!

—¡Ya sé! —dijo la cigarra—. Tú anda a dormir y, mientras tú te duermes, yo canto despacito, muy despacito para que duermas mejor.

—Está bien —dijo la hormiga y se fue a dormir.

La cigarra sacó la guitarra y cantó, como dice la vaca, muuuuu muuuu y despacito. Pero el cri cri cri de la cigarra se le metió por el oído a la hormiga y le bajó por la garganta hasta su corazón. Mientras la hormiga dormía, su corazón empezó a cantar: cri cri cri, cra cra cra, cri cri cri cri, cra cra cra cra.

A la mañana siguiente, la hormiga se despertó y aún adormilada empezó a cantar.

—Muy bien, muy bien —dijo la cigarra.

La hormiga se dio cuenta de lo que estaba pasando y dijo:

—¿Qué me has hecho?, ¿qué ha pasado?

—Nada, yo no te he hecho nada —dijo la cigarra.

—¿Cómo que nada? Estoy cantando, no lo puedo creer, estoy cantando.

—Un poco desafinada, pero sí, estás cantando —dijo la cigarra.

—¡No lo puedo creer! —exclamó la hormiga—. Pero... la verdad es que no suena tan mal, ¿verdad?

—Tan mal, tan mal, no, tienes que dejar ese tono hormiguesco y listo, a cantar.

—¿Crees que me puedas enseñar a cantar para darle, digamos, una serenata a la hormiguita que vive al lado?

—Claro, y hasta podrías aprender a bailar —dijo la cigarra.

—¿A bailar? Eso sí que no.

—Dale, baila: cri cri cri, cra cra cra.

La hormiga, sorprendida, vio que un piecito se movía solo, y luego el otro piecito, y luego el otro. Todo su cuerpo se movía, mientras la cigarra seguía cantando:

—Cri cri cri, cra cra cra.

Al final, la hormiga terminó agotada, pero feliz.

—No sabía que la música era algo tan maravilloso —comentó.

La cigarra se quedó callada un rato y luego dijo:

—Pues, si quieres la verdad, yo en cambio no sabía lo agradable que es tener un hogar, un lugar donde vivir.

—Puedes quedarte todo el tiempo que quieras —ofreció la hormiga.

—Gracias —dijo la cigarra—, pero solo será mientras dure el invierno. Y tú también puedes venir a cantar conmigo cuando quieras.

—Oye, dime... ¿Y le puedes dar una serenata a la hormiguita de al lado? A mi nombre, claro.

—Por supuesto, esta misma noche le tocaré una canción que nunca antes has escuchado y que dice así: Cri cri cri, cra cra cra.

La hormiga rio hasta caerse al suelo. Y fue así que, desde entonces, la hormiga y la cigarra fueron amigas inseparables.

Piensa en esto: *Todos tenemos defectos y cualidades, pero, para poder descubrir lo valiosos que son los que nos rodean, no debemos dejarnos llevar por las apariencias sino intentar conocerlos más a fondo.*

También piensa en esto: *Un amigo puede sacar lo mejor de nosotros, pero para ello debemos abrirnos y dejar que suceda.*

La liebre y la tortuga

Ya todo el mundo sabe que la liebre es un
animalito veloz, tan veloz, que a veces jue-
ga a ganarle al viento, aunque siempre sale
perdiendo.

—Nadie corre más rápido que yo —decía a sus amigos del bosque, y ellos acep-
taban porque era verdad.

Pero un día, el zorrito quiso jugarle una
broma a la liebre.

—Yo sé quién es más rápida que tú —le
dijo.

—¿Quién? —quiso saber en seguida la
liebre.

—¡A que no adivinas quién es! —exclamó el zorrito, sonriendo.

—¿Hablas del venado? Al venado le he ganado más de una vez, por si no lo recuerdas.

—No, no hablo del venado.

—¿Entonces, de quién hablas? —se impacientó la liebre.

—Hablo de la tortuga.

Todos los animales que escuchaban se echaron a reír.

—¿De la tortuga? No me hagas reír. Es una broma, ¿verdad?

—No es una broma. Te puedo asegurar que es cierto. La tortuga es capaz de ganarte, ¿quieres ver?

—Bueno —dijo la liebre—, acepto una carrera, ja, ja, ja.

El zorrito fue a hablar con la tortuga para ver si quería correr contra la liebre.

—Tortuga, tengo una propuesta para ti.

—¿Una propuesta? —dijo la tortuga con curiosidad.

—Sí, es solo para divertirnos. Mira, ¿estarías dispuesta a participar en una carrera?

—¿Una carrera contra quién?

—Contra la liebre.

—¡No me hagas reír! —exclamó la tortuga—. No hay nadie más lento que yo, salvo, quizá, el perezoso, la babosa y el caracol.

—Anda, di que sí, es solo para divertirnos un rato.

—Bueno, si es para divertirnos, entonces acepto —dijo la tortuga—. ¿Cuándo es la carrera?

—Ahora mismo.

—¿Ahora mismo? Diles que me esperen, que ya voy.

El zorrito corrió a comunicarles que la tortuga había aceptado el reto y que había dicho que la esperaran. Mientras tanto, la liebre comía zanahorias sin preocuparse del barullo. «Les voy a enseñar», pensaba adormilada, «quién soy yo. Cuando la tortuga dé tres pasos, yo ya habré llegado a la meta. O tal vez dos. Solo dos pasos. La cara que van a poner todos estos».

Pero el zorrito tenía un plan para que ganara la tortuga.

—Quiero hablar contigo un rato —le dijo el zorrito a la liebre.

—Apúrate que tengo una carrera que ganar —dijo la liebre muy tranquila.

—Mira, para ti es muy fácil ganarle a la tortuga, después de todo, eres el animal más veloz del bosque, del planeta, incluso del universo. ¿Qué te parece si, antes de llegar a la meta, te haces la dormida, dejas que pase la tortuga y, cuando ella esté a punto de cruzar la meta, tú te levantas y en un instante ganas la carrera? Así será más emocionante, ¿no te parece?

—Qué buena idea, zorrito, haré exactamente lo que me dices.

La idea del zorrito era que la liebre, al hacerse la dormida, se quedara dormida de verdad y de esta manera ganara la tortuga, pero resulta que en este cuento sucedió algo inesperado.

El zorrito dio la voz de partida, y la liebre salió a todo correr mientras la tortuga apenas daba un par de pasos. Cuando ya faltaban pocos metros para la meta, la liebre se sentó, sacó un libro de su mochila y se puso a leer una hermosa fábula sobre una hormiga amiga y una cigarra guitarrera. Al terminar, le dio mucho sueño y se durmió de verdad.

Dos horas después, cuando pasó la tortuga al lado de la liebre, esta se encontraba aún dormida. Pero, en vez de aprovechar la ocasión, la tortuga se desvió y fue hasta donde estaba la liebre, arrimada a un árbol, con la boca abierta y el libro sobre la panza.

—¿Estás bien? —preguntó la tortuga.

La liebre se despertó de un salto.

—¿Qué... qué... qué pasa?

—¿Estás bien? —volvió a preguntar la tortuga.

—Eh, claro que estoy bien... —respondió desconcertada, la liebre.

—Es que me pareció que estabas enferma —dijo la tortuga—, parecías una liebre con fiebre.

—¿Una liebre con fiebre? No, para nada, no, ja, ja.

—Ah, bueno, ¡qué alivio! Creí que estabas mal —dijo la tortuga—. Ahora voy a seguir en la carrera.

La liebre se acordó en ese momento de que estaba en medio de una carrera y, aunque habría podido levantarse y de tres zancadas cruzar la meta, se quedó parada, viendo cómo se alejaba la tortuga.

Entonces, pensó: «No sabía que la tortuga tenía un corazón tan noble. Yo de ella

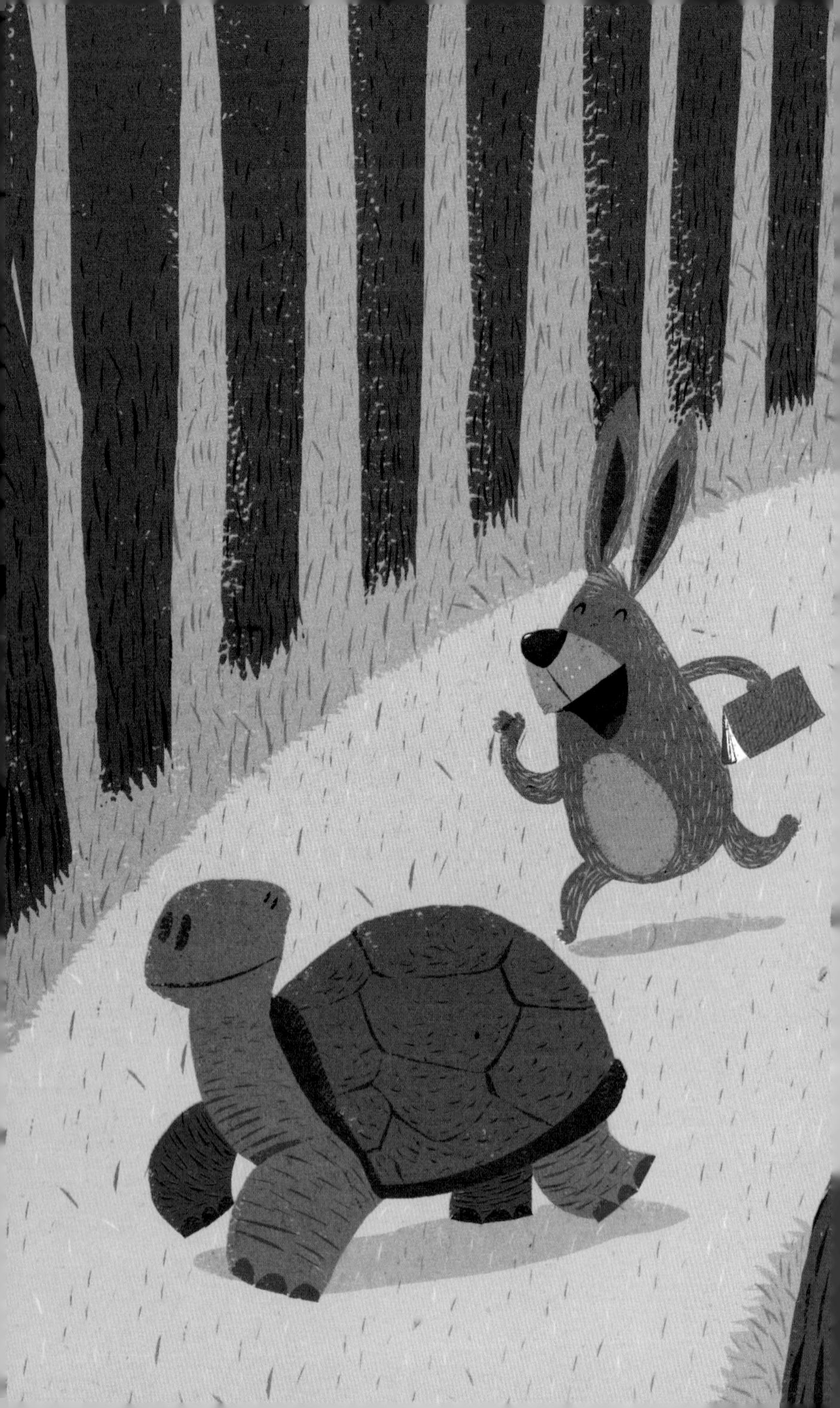

habría aprovechado para ganar la carrera, pero se detuvo para ayudarme. Todo el mundo sabe que soy el animal más veloz, así que no necesito ganarle a la tortuga para demostrarlo, pero a lo mejor ella necesita de un triunfo para ser feliz. Voy a quedarme aquí hasta que la tortuga esté a punto de cruzar la meta, entonces me levantaré y correré lo suficiente como para llegar un paso detrás de ella y así hacer más emocionante la carrera».

Y eso fue lo que hizo. Cuando la tortuga estaba por cruzar la meta, la liebre se levantó y de tres zancadas llegó a un metro de la tortuga, que dio un paso más y ganó la carrera.

Los animales la felicitaron de inmediato por ser la ganadora, la liebre también se acercó y la felicitó.

—¿Por qué dejaste que ganara? —preguntó la tortuga.

—Es un regalo que quise hacerte como agradecimiento por haberte preocupado por mí —explicó la liebre.

—No necesitaba este regalo, pero lo que has hecho me demuestra que tienes un gran corazón —dijo la tortuga y abrazó a la liebre.

—¿Quieres ser mi amiga? —preguntó entonces la liebre ante la sorpresa de los demás animales—. Te enseñaré a caminar más rápido —bromeó.

—Claro que me gustaría que fueras mi amiga —contestó la tortuga—, y yo te enseñaré a nadar en el río.

El zorrito, que quería darle una lección a la presuntuosa liebre, estaba de mal humor. Pero, sin hacerle caso, la liebre y la tortuga se fueron conversando por un camino del bosque rumbo al río.

—Te voy a enseñar a nadar bajo el agua —se le escuchó decir a la tortuga, mientras la liebre saltaba de gusto.

—Siempre he querido aprender a nadar —dijo emocionada.

La liebre metió una patita al agua y luego otra.

—Está fría —dijo, temblando.

—Anda, no seas friolenta.

La liebre se metió hasta la cintura y luego, con la ayuda de la tortuga, empezó a flotar en un remanso del río. Al poco rato, estaban chapoteando en el agua e invitaron a los demás animales a unírseles. Los animales, que estaban felices de ver que la tortuga y la liebre se habían hecho amigas, se metieron también al agua. Hasta el zorrito se olvidó de su mal humor y pronto se puso a chapotear con los otros animales.

Piensa en esto: *Los mejores amigos son los que tienen un buen corazón, son generosos y se preocupan por ti. Cuando encuentres uno, no lo dejes ir.*

También piensa en esto: *Ganar algo no es tan importante como tener un amigo. Por eso, no pierdas uno solamente porque quieres ser el primero en todo.*

El león y el ratón

El león dormía en un claro de la selva: Grrrfff pf pf pf, grrrfff pf pf pf, grrrffff pf
pf pf, cuando pasó por ahí el ratón más
juguetón de cuantos ratones había en los
alrededores.

—Una carambola y otra carambola y otra
carambola —cantaba feliz el ratoncito—. Una
vuelta entera y una media vuelta y una vuelta
entera —decía, mientras reía por el camino.

El león abrió un ojo y gruñó:

—¿Quién grita tanto que no me deja
dormir? Grrrr.

Pero en seguida volvió a dormirse.

El ratoncito vio al león que roncaba: Grrrfff pf pf pf, grrrfff pf pf pf, grrrffff pf pf pf, y decidió jugarle una broma.

Se acercó despacio a su oreja y gritó:

—¿Quién anda ahí?

El pobre león dio un salto, se despertó, miró para un lado, miró para otro y, como no descubrió a nadie, porque el ratoncito estaba escondido detrás de un árbol, respiró profundo y creyó que había sido un sueño.

Volvió a dormirse: Grrrfff pf pf pf, grrrfff pf pf pf, grrrffff pf pf pf, y de nuevo el ratoncito se acercó despacio a su oreja.

Una vez ahí, gritó:

—¡Cuidado, que vienen los elefantes!

El león volvió a despertar de un salto. Miró para un lado, miró para otro y, como no vio a nadie, cerró nuevamente los ojos, pero esta vez no se durmió sino que fingió que dormía.

El león parecía roncar: Grrrfff pf pf pf, grrrfff pf pf pf, grrrffff pf pf pf, cuando el ratoncito se acercó a su oreja y gritó:

—¡Cuidado te pica la culebra!

El león, en un instante, movió una de sus patas y atrapó al ratoncito, antes de que pudiera correr a esconderse.

—Conque eres tú el malcriado que me despierta a cada rato, ¿eh? —rugió el león.

El ratoncito no sabía cómo zafarse del problema, y solo atinó a poner cara de «pobrecitoyo» (igualito al gato de *Shrek*).

Pero el león estaba furioso.

—Como castigo, te voy a comer de un solo bocado —rugió.

Entonces, el ratoncito dijo:

—Señor león, le ruego que me disculpe. He sido en verdad muy desconsiderado al cortar su sueño. Y le digo algo: si usted me deja ir, yo podría ayudarlo cuando usted lo necesite.

—¿Y cómo es que alguien tan grande y poderoso como yo va a necesitar de alguien tan pequeño y débil como tú?

—Uno nunca sabe —razonó nerviosamente el ratoncito.

El león lo pensó un rato mientras sostenía al ratoncito sobre sus afilados colmillos.

—Está bien —dijo por fin—, te voy a perdonar la vida, pero no quiero verte nunca más por aquí.

El ratoncito le prometió que sí, que se iría a jugar a otro lado y que nunca más de los jamases se iba a aparecer por ahí.

Pasó el tiempo y entraron a la selva unos hombres que cazaban leones para vendérselos a un zoológico. El león estaba dormido, como casi siempre, cuando los hombres lo sorprendieron con una red que cayó sobre él, igual como si hubiera caído una telaraña sobre una mosca. El león se llevó el susto de su vida cuando abrió los ojos y descubrió que la red le impedía moverse y que estaba rodeado de unos terribles cazadores.

Al poco rato, los tipos se fueron a buscar otros animales y dejaron al pobre león preso entre las cuerdas de la red. El león, entonces, empezó a quejarse y a rugir como nunca antes. Sus rugidos se escuchaban por toda la selva, pero los animales, en vez de acercarse, huían. El ratoncito también escuchó los rugidos del león y quiso saber qué pasaba.

Los demás ratones le dijeron que ni se le ocurriera acercarse porque de seguro el león estaba de mal humor y, si lo veía, esta vez no se iba a salvar. El ratoncito, sin embargo, presintió que algo no andaba bien con el león y se dirigió hacia donde él estaba con gran decisión.

Cuando vio al león atrapado en una gran red, el ratoncito sintió una pena enorme.

—¿Quién le hizo esto, señor león? —preguntó.

Al borde del llanto, el león respondió:

—Unos cazadores, por favor ayúdame, ayúdame.

—¡Oh cielos, qué horror! Mire, señor león, lo voy a ayudar a escapar mordiendo las cuerdas de la red, pero mis dientecitos no son suficientes para este trabajo, así que voy a llamar a mis amigos y familiares para que lo hagamos lo antes posible.

Los ratoncitos, venciendo el miedo, mordieron las cuerdas y en poco tiempo liberaron al león, que fue en busca de los cazadores para echarlos fuera de la selva.

Cuando regresó, llamó con grandes rugidos al ratoncito. Este se acercó a toda velocidad.

—¿Me llamó? —preguntó.

—Sí —dijo el león—, te quiero agradecer por todo lo que tú y tus amigos hicieron por mí.

—No hay problema, señor león —dijo el ratoncito—, de ahora en adelante ya estamos a mano, ¿verdad?

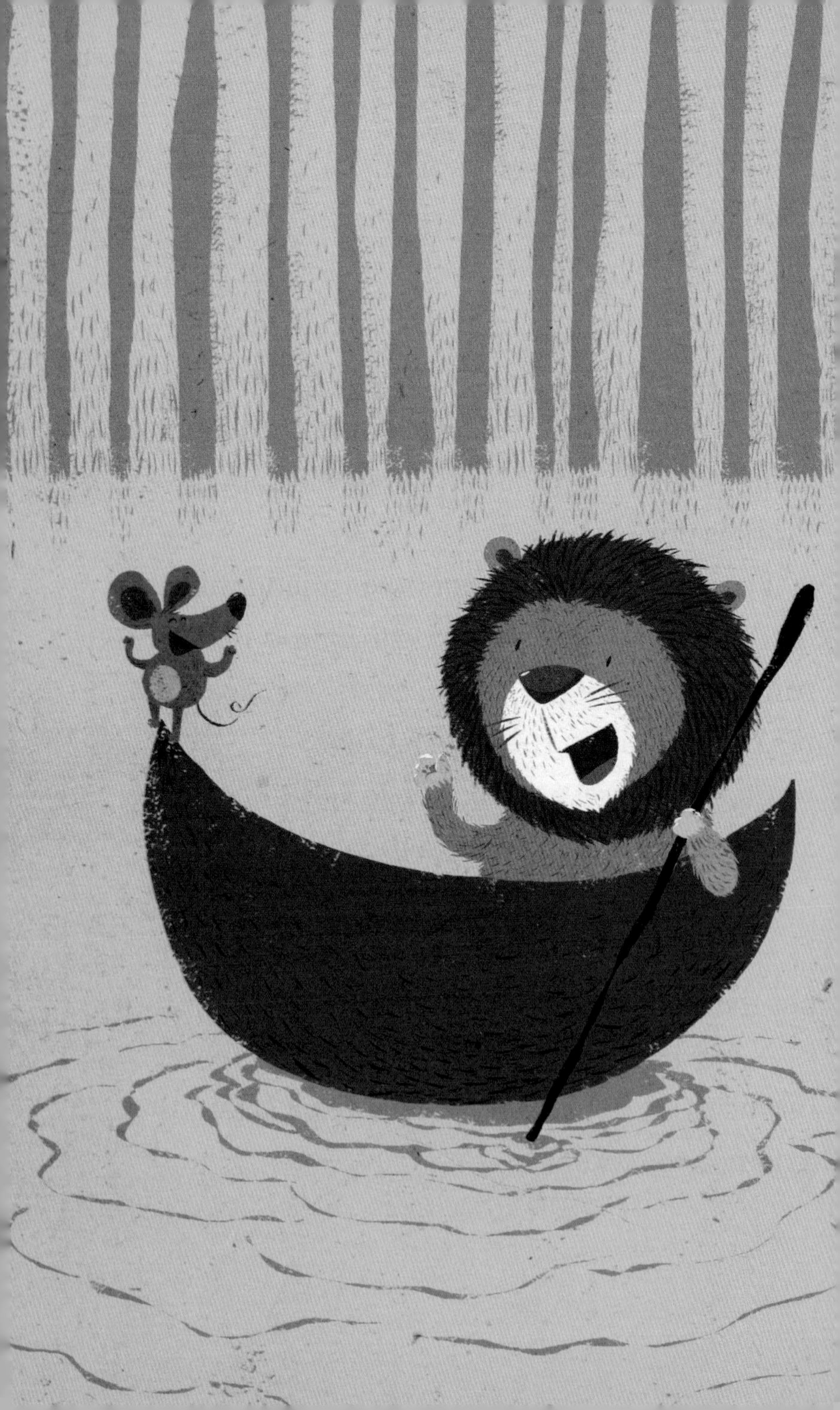

—Sí. —Sonrió el león—. Estamos a mano. Y ahora que estamos a mano, podemos ser amigos, ¿verdad? Pero, ojo, eso no quiere decir que me vas a volver a gritar en la oreja cuando esté durmiendo, ¿eh?

—No, no —aseguró el ratoncito y rio—, los amigos no se hacen esas bromas.

El león se contagió de la risa del ratoncito y, al poco tiempo, ambos estaban riendo a carcajadas ante la sorpresa de todos los animales de la selva que no entendían lo que pasaba.

Piensa en esto: *Si estás siempre dispuesto a ayudar a los demás, incluso sin recibir nada a cambio, los otros también te sacarán de aprietos cuando tú lo necesites.*

También piensa en esto: *Cuando quieras hacer cosas importantes, debes trabajar en equipo y de esa forma lo harás mejor y en menos tiempo.*

—Sí. —Sonrió el lobo—. Estamos a mano.

Y ahora que estamos a mano, ¿podemos ser amigos? [illegible] el conejo, quiere decir que me vas a volver a [illegible] cuando esté durmiendo, ¿no?

—No, no —[illegible] el ratoncito [illegible] los amigos no se hacen esas bromas.

El lobo se contagió de la risa del conejo y al [illegible] todos estaban riendo a carcajadas [illegible] la sorpresa de todos los animales de la selva que no entendían lo que pasaba.

[illegible]

La gallina de los huevos de oro

Un anciano que caminaba por un bosque se sentó sobre el tronco de un árbol cortado y dijo:

—¿Quién habrá cortado todos estos pobres arbolitos?

El paisaje era en verdad muy triste. Muchos troncos habían sido destrozados y algunos se encontraban tirados por el piso, como gigantes muertos.

—Fui yo —dijo, de pronto, un señor de barba muy larga que tenía un hacha en la mano derecha.

—¿Y puedo preguntar por qué lo hiciste? —preguntó el anciano con tristeza.

—Pues porque eran míos y me pagaron para cortarlos.

El anciano suspiró y preguntó:

—¿Me permites contarte un cuento?

—Me encantan los cuentos —dijo el hombre del hacha y se sentó sobre un tronco para escuchar.

Entonces, el anciano contó:

—Había una vez, en un reino muy lejano, una familia de campesinos que un día descubrió, con gran sorpresa, que una de sus gallinas, una gallina igual a las otras, ponía huevos de oro. Uno por día, nada menos. La familia estaba feliz. Con la venta de esos huevos podrían pagar sus deudas y luego construir una casa más grande y pagar la educación de sus hijos y hasta de sus nietos y biznietos, si la gallina seguía poniendo los maravillosos huevos de oro.

»El padre de familia iba todos los días al gallinero y recogía la ración diaria de huevos de oro. De inmediato, partía hacia el pueblo donde los vendía a buen precio. Algunos de los aldeanos querían saber de dónde sacaba él esas grandes pepas de oro, semejantes a huevos, pero él les decía que se las encontraba en el camino, que solo era cuestión de suerte.

»Al poco tiempo, los aldeanos empezaron a recorrer de arriba abajo los caminos para ver si también ellos encontraban aunque sea una astillita de oro, pero no hallaban nada, así que comenzaron a sospechar que el campesino de las pepas de oro ocultaba algo.

»El campesino se enteró de lo que pasaba y enseguida corrió a la casa, tomó a la gallina y la escondió en lo más profundo del bosque para que nadie la encontrara. Quería a la gallina solo para él y su familia, para nadie más.

Pero al poco tiempo se dio cuenta de que eso
no hacía sino dificultar aun más la recogida
de los huevos que luego iba a vender al pueblo.
Además, a medida que pasaron los días, empezó a sentir miedo de que los aldeanos le fue-
ran a hacer daño a él o a sus hijos para sacarles

la verdad o, lo que es peor, para robarles la gallina. Así que un buen día, como si escaparan, se mudaron a otra región.

»Esta vez, decidieron acumular una buena cantidad de huevos antes de ir a venderlos y, de esta manera, retrasar la malsana curiosidad de los aldeanos. Además, dirían a todos que un rey de un reino muy lejano les había regalado esas pepas de oro, en recompensa por un favor que le habían hecho al soberano. Y, si preguntaban cuál era el favor, ellos dirían que le habían salvado la vida. Y, si les preguntaban en dónde le habían salvado la vida, ellos dirían que en un recodo del río grande. Así se la pasaban, día y noche, inventando mentiras para justificar la gran cantidad de oro que se iba acumulando en el gallinero.

»Sin embargo, nada de lo que dijeron o hicieron logró engañar a los aldeanos que tenían buen olfato para saber quién estaba mintiendo. Así pues, otra vez una curiosidad semejante a una sombra volvió a cernirse sobre él y su familia. Temiendo cualquier daño en contra de ellos, tomaron de nuevo a la gallina, cargaron hasta el tope una carreta entera de huevos de oro y, en la oscuridad de la noche, volvieron a trasladarse a otra región aun más lejana, donde nadie los conocía.

»Una vez allí, lo pensaron bien. No necesitaban seguir vendiendo y vendiendo los huevos de oro para conseguir más y más dinero. Tenían lo necesario para subsistir el resto de sus días. Además, la tierra en la que estaban era generosa y podían vivir de ella sin necesidad de nada más. Por eso, decidieron que solo en caso de mucha necesidad saldrían al pueblo a vender los huevos de la gallina y, de esta forma, vivirían con comodidad pero sin hacer alarde de riqueza.

—Es una buena idea —dijo el hijo mayor—, pero tengo una mejor: ¿Qué tal si regalamos los huevos a los más pobres? Yo creo que les ayudaría mucho a mejorar sus vidas y sería un buen gesto de nuestra parte.

—No —dijo la segunda hermana—, seguro que se lo gastan en alcohol y muchos hasta dejarían de trabajar para ponerse a disfrutar del dinero caído del cielo.

—Tengo una mejor idea —dijo el hijo menor—. ¿Qué tal si decimos que un príncipe de otra región nos mandó a construir un palacio? De esa manera, damos trabajo a mucha gente durante largo tiempo, los ayudamos a que se ganen la vida honradamente y, cuando el palacio esté terminado, les decimos que el príncipe no vendrá y que pueden quedarse a vivir en él.

—Yo ya no quiero más mentiras. Por querer proteger los huevos de oro, nos hemos vuelto unos mentirosos a tiempo completo. Yo creo que todo eso que dicen es muy complicado de realizar —dijo por fin la madre—, y al final traería muchas más dificultades que las que ya tenemos, así que yo propongo que matemos a la gallina para ver qué es lo que tiene adentro y a lo mejor encontramos, de una vez y para siempre, miles, millones de huevos de oro adentro.

»A todos les pareció una bobería lo que acababa de proponer la mujer, así que ni siquiera se molestaron en discutir su propuesta. Pero ella se quedó pensando y en la noche decidió hacer lo que había sugerido. Se acercó al gallinero, tomó a la gallina de los huevos de oro y la mató. Para su sorpresa, en su interior no había nada, únicamente lo que todas las gallinas normales tienen.

»Pero sucedió algo más. Desde esa noche, el dinero que habían ganado con la venta de los huevos desapareció y la familia de aldeanos volvió a ser tanto o más pobre que antes. Y colorín, colorado, este cuento se ha acabado —concluyó el anciano.

—No me gustó el cuento —dijo el hombre del hacha—. Yo creía que iba a tener un final feliz, no me gustan los finales tristes.

—Pues es así como terminan los cuentos donde, por ejemplo, la gente no valora la riqueza que tiene y la pierde por la excesiva ambición —explicó el anciano.

El hombre del hacha frunció el ceño.

—Tú, por ejemplo —continuó el anciano—, podrías conservar estas tierras con todos sus árboles y, de esa manera, verías cómo en su interior crecen venados, patos, riachuelos, árboles frutales y plantas medicinales. Podrías alimentarte muy bien y también a tus hijos, por mucho tiempo. Pero mira lo que estás haciendo. Estás cortando

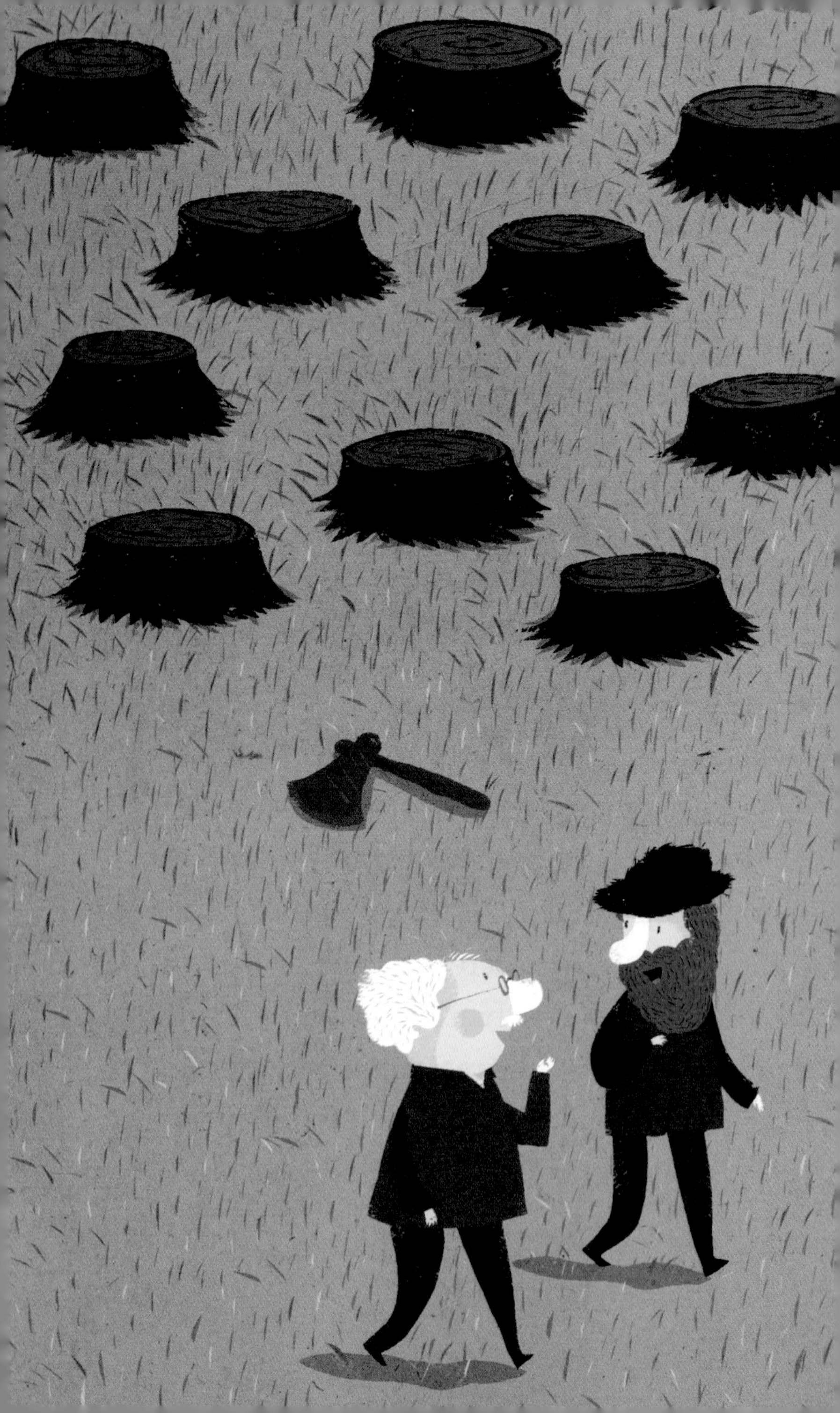

los árboles de tu tierra a cambio de poco dinero y haciendo de este paraíso un desierto. En poco tiempo, estas tierras no servirán para nada y tendrás que irte a vivir a otro lugar para subsistir.

El hombre del hacha miró a un lado y al otro y preguntó:

—¿O sea que yo soy como la mujer que mató a la gallina de los huevos de oro?

—No exactamente —dijo el anciano—, tú todavía puedes hacer algo para detener esta matanza de árboles. Solo tendrías que cortar los árboles enfermos o los que estorban el crecimiento de otros. Nada más.

—Tienes razón, anciano, estoy a tiempo, muchas gracias por tus sabias palabras —dijo el hombre, y soltó el hacha.

Piensa en esto: *Hay cosas más importantes que el dinero y que no tienen precio. Por ejemplo, la tranquilidad, el amor entre los miembros de la familia y el trabajo honrado que día a día nos va dando satisfacciones.*

También piensa en esto: *Debemos valorar lo que tenemos en lugar de dejarnos llevar solo por la ambición y querer obtenerlo todo de una sola vez y para siempre, porque entonces nos arriesgamos a quedarnos sin nada.*

La zorra y las uvas

Un día, llegó de visita un viejo amigo del dueño de una gran plantación de papas.

—Me encanta lo que has hecho con tus tierras —le dijo—, pero la verdad es que ya no está de moda eso de sembrar papas, lo que ahora está de moda son las plantaciones de uvas, los viñedos.

—No sé de qué hablas —dijo el campesino, intrigado.

—Mira, es muy fácil. Saca todas las papas que has sembrado y, en vez de eso, llena los surcos de semillas de uvas.

—Pero… ¿para qué? No entiendo.

—Pues, para que te conviertas en un productor de jugos de uva y vinos espumantes —dijo el amigo—. Para que la gente diga: «Oh, mira qué viñedos tan bonitos, su dueño debe ser alguien muy rico e importante».

El campesino rio a carcajadas.

—Amigo —le dijo—, te agradezco por el consejo, pero no puedo ni quiero hacer tal cosa. Debo dedicarme a lo único que sé.

—No seas cobarde, hombre —le dijo su amigo—. Ya vas a ver cómo tu campo cambia completamente con la plantación de uvas. Será un campo último modelo, el último grito de la moda en estos lugares.

En ese momento, intervinieron la mujer y la hija del campesino, que alcanzaron a escuchar la conversación.

—¿Está de moda? —preguntaron en coro—. Entonces debe ser bueno, muy bueno, excelente, maravilloso, espectacular...

Tienes que hacerlo, anda, tienes que hacerlo, di que sí, di que sí, ¡di que sí!

—No sé —dudó el campesino—. Sembrar papas es todo lo que he hecho en la vida. No sé ni cómo empezar.

—Pues es hora de cambiar —afirmaron su esposa y su hija, apoyadas por el amigo que, como pronto descubrirían, era vendedor de semillas de uva—. Hay que ponerse a la moda —sugirieron en coro—, hay que deslumbrar a nuestros vecinos con una plantación diferente.

Tanta fue la insistencia que el campesino al fin cedió, recogió las papas y se puso a sembrar semillas de uva, sin saber muy bien cómo hacerlo.

Los resultados no sorprendieron al campesino: la cosecha de uvas fue un desastre. De todas las que no se quemaron con el sol o con la helada, solo quedó un árbol del que colgaban tres racimos. Y ahí permaneció, mientras el campesino se las arreglaba para pagar las deudas.

Dos de los racimos del árbol se veían bastante apetitosos. Las uvas maduras, brillantes y negras, se burlaban de las que, un poco más arriba, estaban aún verdes. Se mecían al viento, como quien danza, y decían:

—Pobres de ustedes, no saben lo que es ser bellas y apetitosas como nosotras.

Las burlas eran diarias y las uvas verdes se sentían mal porque querían ser jugosas y hermosas como las uvas negras. Hasta que pasó por ese campo una bandada de pájaros y vio los racimos de uvas maduras. En unos segundos, se lanzaron sobre el primero y, pese a las protestas de las uvas, las picotearon en pocos minutos.

Cuando los pájaros estaban a punto de lanzarse sobre el segundo racimo, acertaron a pasar por ahí unos niños y los espantaron, pero en seguida les provocó comerse el gajo de uvas negras y brillantes que se mecía al viento. Trepándose uno sobre el otro, lograron arrancar el racimo y, en un instante, no quedaron más que las ramas que antes lo habían sostenido. Una vez satisfechos, los niños siguieron su camino muy alegres.

Las uvas verdes, que habían visto lo que les sucedió a las maduras, se asustaron mucho. Por un momento, creyeron que también ellas serían devoradas por los pájaros y luego por los niños, pero respiraron aliviadas cuando vieron que estos se alejaban sin siquiera mirarlas.

Sin embargo, la tranquilidad no duró mucho. Al poco rato, se acercó al árbol una zorra escuálida. Iba atenta, mirando para un lado y para otro mientras buscaba algo que llevarse al estómago. En eso estaba cuando alzó la vista y miró el racimo de uvas verdes que colgaba en la parte más alta del arbolito.

«Tengo tanta hambre que me comería hasta esas uvas verdes», dijo para sí, mientras le gruñían las tripas.

Las uvas temblaron otra vez al ver esos ojos ansiosos. La zorra les dijo:

—No tiemblen, chicas, solo será un bocado y ya. No van a sentir nada.

—Pero te vamos a hacer daño al estómago —contestaron a coro—, estamos demasiado verdes.

—Demasiado no, solo un poquito verdes.

—Demasiado —insistieron ellas.

—Pues mi hambre hace que las vea solo un poco verdes.

Y en seguida se lanzó con todas sus fuerzas para bajarlas de un zarpazo. Para suerte de las uvas, la garra de la zorra no las alcanzó.

—Estamos demasiado alto —dijeron ellas—. Lo mejor será que ocupes tus fuerzas en alcanzar algo que esté más cercano.

—No —dijo la zorra—, ustedes y solo ustedes serán mi alimento, van a ver.

Y volvió a saltar sin lograr su cometido. Al comprobar otra vez que no podía alcanzarlas, las uvas se tranquilizaron, pero la

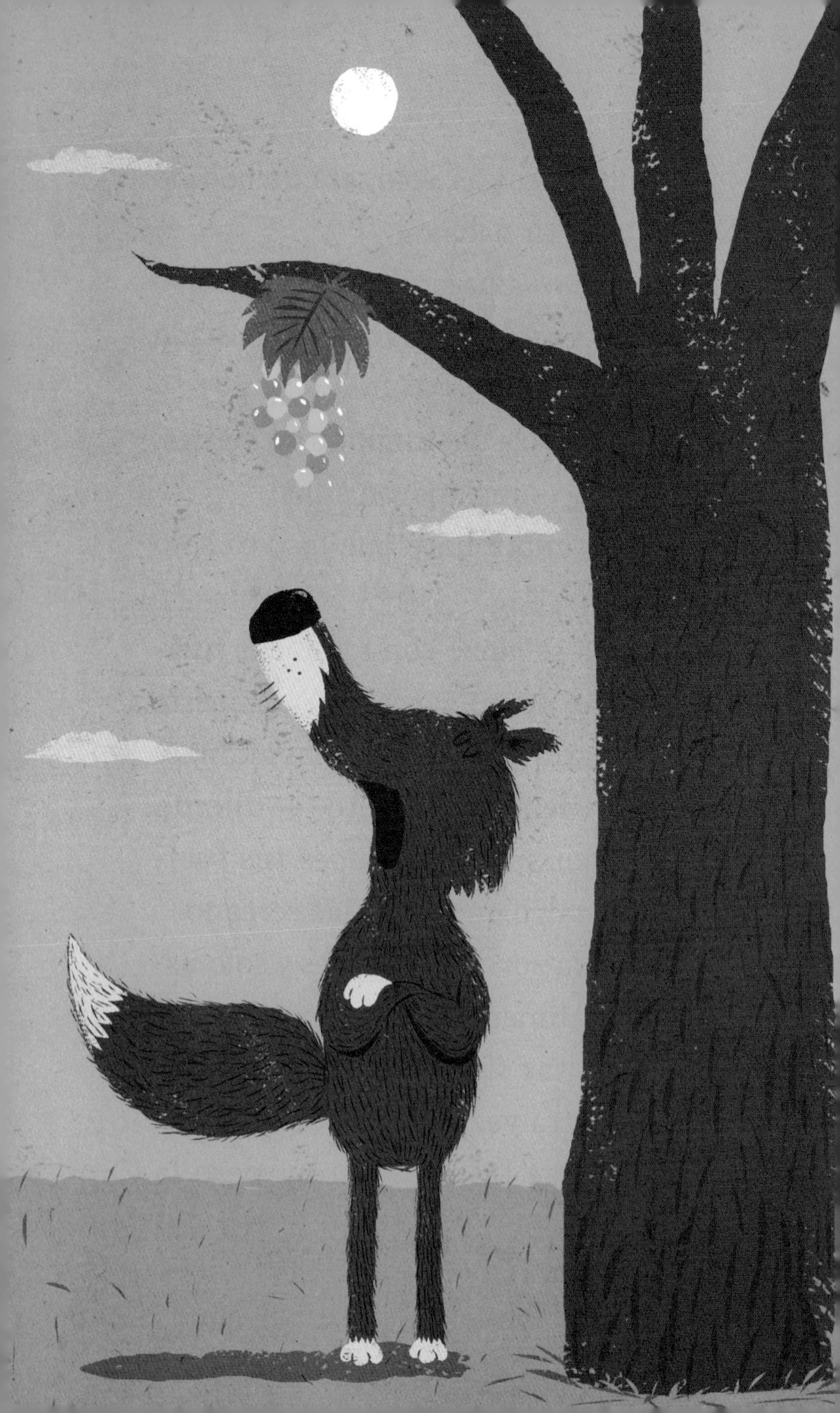

zorra se puso frenética, quería y quería y quería esas uvas, nada más que esas uvas. Saltó diez, veinte, cincuenta veces, sin resultado alguno, hasta que, rendida, cayó al suelo.

—Te lo advertimos y no nos hiciste caso —dijeron las uvas verdes—. Ahora que has agotado todas tus fuerzas, se te va a hacer más difícil buscar otra cosa para comer.

Extenuada como estaba de tanto saltar, la zorra no dijo nada. Al fin comprendía que las uvas habían tenido la razón desde el principio. Agotarse de esa manera, tratando de conseguir algo demasiado lejano, había sido un error y ahora no tenía fuerzas para ir en busca de otra cosa que llevarse a la boca, pero, como no quería darles la razón, solo atinó a exclamar:

—Bah, total, nunca me han gustado las uvas demasiado verdes.

Y la pobre zorra se quedó dormida donde estaba, incapaz de mover una sola de sus patas acalambradas.

Piensa en esto: *Si sabes realizar bien un trabajo, valóralo. No trates de hacer cosas solo porque están de moda o porque te dicen que algo es mejor que lo que ya tienes.*

También piensa en esto: *No tengas envidia de los que tienen más que tú ni te burles de los que tienen menos, porque lo que es una ventaja puede convertirse fácilmente en desventaja y viceversa.*

Y, finalmente, piensa en esto: *Si te agotas persiguiendo un objetivo demasiado difícil para tus posibilidades, te privarás de las cosas cercanas y hermosas que te rodean.*

El avestruz que (a veces) no decía ni chuz ni muz

Había una vez un avestruz al que no le interesaba nada de lo que sucedía a su alrededor. Nada que fuera realmente importante, quiero decir, como, por ejemplo, que se había obstruido el libre curso del río por una empalizada que habían construido los castores y que algunas zonas se estaban inundando y otras se estaban secando, lo que ponía en peligro la vida de los demás animales.

—¿Supiste del desastre que causaron los castores? —le preguntaban, preocupados, otros animales.

—No —contestaba el avestruz y metía la cabeza bajo la tierra.

—¿Y supiste que los humanos están cortando los árboles más grandes y antiguos y, a cambio, nos están dejando un desierto?

—No —decía con la cabeza escondida—. Yo en eso no opino, no digo ni chuz ni muz.

Nada importante le interesaba, pero lo que sí le apasionaba era el chisme. Tan pronto escuchaba del pico de alguna cacatúa o cotorra que alguien había metido la pata, que no había hecho lo que tenía que hacer, que se le había descubierto algún defecto o mentira, o que estaba metido en algún problema serio, el avestruz sacaba la cabeza, alargaba el cuello y no se perdía ni una sola palabra de lo que se decía.

De inmediato, usando sus largas patas, corría de un lugar a otro para contar una y otra vez el chisme, aumentando por aquí,

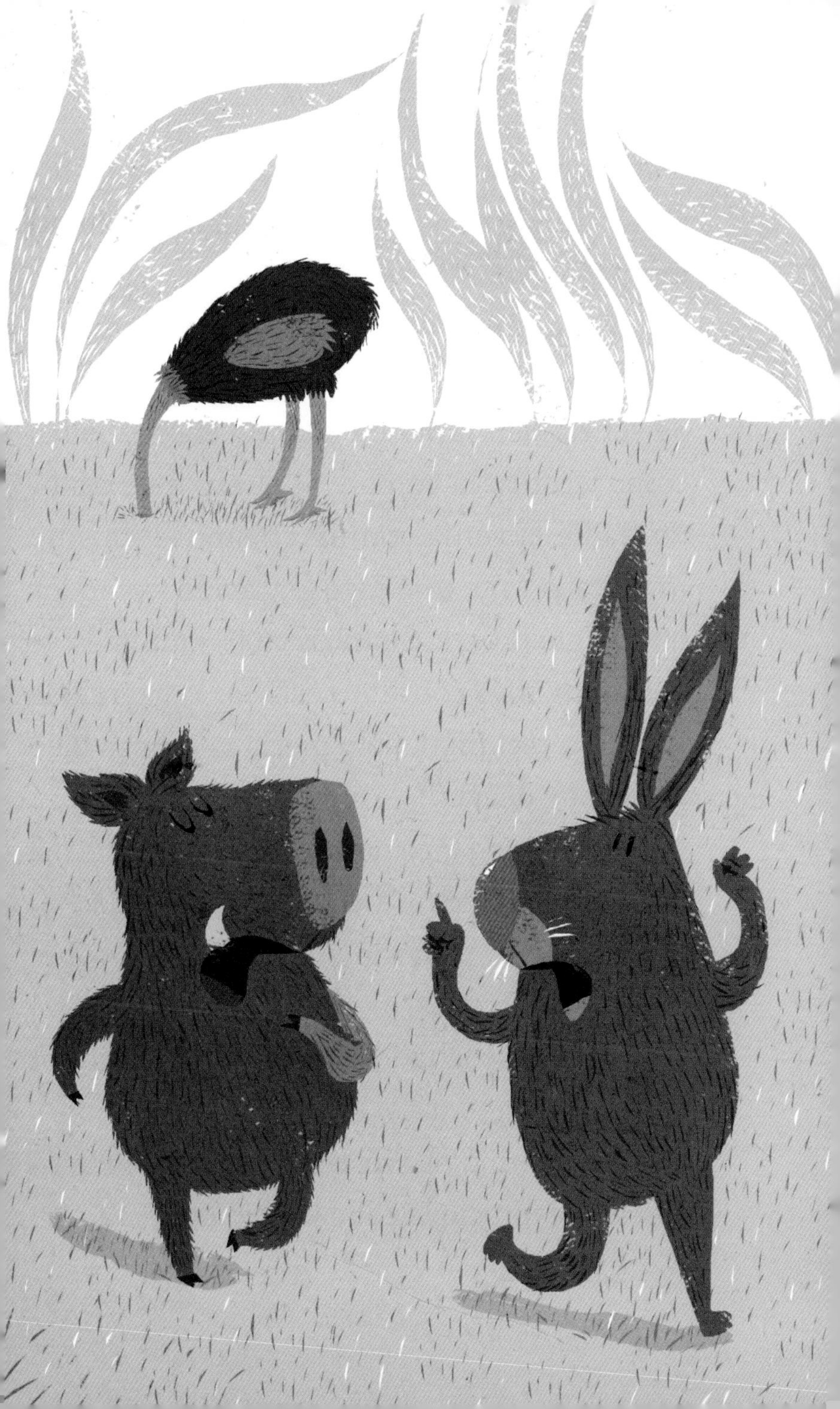

disminuyendo por allá, hasta que una historia sin importancia se volvía algo en verdad monstruoso.

Los animales conocían al avestruz como el «correveidile», pero a él no le importaba. Se sentía de maravilla cuando enredaba las cosas y torcía la verdad, al punto que, cuando nadie le venía con un chisme, él mismo inventaba uno, uno jugoso y ácido, como los que le gustaban. Cuantos más animales se peleaban, más contento estaba. Y, cuando le venían a reclamar, solo metía la cabeza bajo la tierra y decía:

—No sé nada, yo no dije nada, a mí que me rebusquen, yo no he dicho ni chuz ni muz.

Una tarde, pasaron a su lado unos conejos muy asustados.

—¿Has escuchado que un tigre anda por aquí?

—No —dijo el avestruz, y metió en actitud de desprecio la cabeza bajo la tierra.

Al poco rato, un cervatillo y su mamá le preguntaron:

—¿Has sabido algo de un tigre que anda por estos lados?

—No —repitió el avestruz con la cabeza bajo el suelo.

Una hora más tarde, escuchó una voz que le decía:

—¿Has oído algo sobre un tigre que anda merodeando por este lugar?

Con la cabeza todavía bajo la tierra, el avestruz dijo, fastidiado:

—Mire, quien quiera que sea, a mí solo me interesan los chismes, los buenos chismes. Todo lo demás me tiene sin cuidado, así que déjeme en paz.

—Pues te tengo un chisme muy bueno —dijo la voz.

De inmediato, el avestruz sacó la cabeza del hueco y se encontró nada menos que con el tigre, que estaba parado frente a él.

—¿Y cuál es el chisme? —preguntó, temblando de miedo.

—Ah —dijo el tigre—, es un chisme excelente.

El avestruz no sabía si sonreír o no.

—Mira —dijo—, me han contado que en este lugar hay un animal tan pero tan tonto que no le interesa para nada lo que sucede a su alrededor. No le interesa si se quema el bosque o si se inunda, si cortan los árboles o si hay una injusticia. A ese animal solo le interesan los chismes, nada más que los chismes. Huy, para eso sí que tiene oídos.

El avestruz alargó el cuello para escuchar mejor.

—Y por eso mismo —dijo el tigre—, por no preocuparse por su propia seguridad y la de los otros animales, un día un tigre venido de otra región se lo comió.

El avestruz saltó en una pata y exclamó:

—¡Bien hecho, qué animal tan tonto! Cuéntame quién era para ir a chismearles a los demás.

El tigre solo sonrió y, de un zarpazo, echó al avestruz al suelo.

—Esta historia no es para que tú la cuentes —dijo el tigre—. Esta historia es para que los demás animales la cuenten durante mucho, mucho tiempo.

Al avestruz le pareció que, en ese instante, alguien había apagado la luz o que, tal vez como en un sueño, había vuelto a meter la cabeza bajo la tierra.

Piensa en esto: *Si no te interesa lo que pasa en tu ciudad, en tu país y en el mundo, un día descubrirás que no hiciste lo que tenías que hacer para mejorar tu vida y la de los demás.*

También piensa en esto: *El chisme es, en el fondo, una forma de contaminación del mundo que te rodea.*

El ratón campesino
y el ratón de ciudad

Una clara mañana, al llegar a su casa, el ratón campesino, Ramonete, se encontró con
una carta al pie de su puerta. Le pareció algo
muy extraño porque a él nunca nadie le es-
cribía cartas, así que la olió por todos lados
y luego la abrió con mucha desconfianza. Su
alegría fue grande al descubrir que su primo
Ramoncín le había escrito desde la ciudad
donde vivía desde hacía mucho tiempo. En
la carta, luego de saludarlo con mucho ca-
riño, le decía que, puesto que no se habían
visto en un largo tiempo, quería que viniera
a visitarlo a la ciudad, así que quedaba cor-
dialmente invitado.

Ramonete saltó de la alegría no solo porque deseaba desde hacía tiempo darle un abrazo a su primo Ramoncín, sino porque siempre había querido conocer la gran ciudad, esa donde, según le habían dicho, todo es moderno, rápido, eficiente y deslumbrante. Así que llenó una maleta con su ropa, que en ese momento le pareció más pobre y ridícula que nunca, y se echó a caminar rumbo a la ciudad. En el trayecto, se subió a una carreta llena de alfalfa y luego se metió en la canasta de una señora que estaba por montarse a un bus.

Una vez en la ciudad, de acuerdo a las indicaciones que le había dado Ramoncín en la carta, se quedó esperando detrás de uno de los postes de una estación de buses. Ramonete estaba a punto de desmayarse a causa del ruido y del esmog, cuando llegó, agitado, Ramoncín.

—Anda —le dijo—, corre que nos alcanzan.

—¿Quién? ¿Cómo? —alcanzó a decir Ramonete, pero ya Ramoncín lo estaba jalando de un brazo.

—Un gato —gritó Ramoncín, y al poco tiempo de correr, alcanzaron a meterse en una alcantarilla.

Desde ahí, pudieron ver afuera la figura de un gato gris que los miraba en silencio, con ojos de fuego, pero, por suerte para ellos, el hueco por el que se deslizaron era tan pequeño que el gato no pudo entrar para devorarlos. En cambio, el olor nauseabundo de la alcantarilla era tal que, otra vez, Ramonete estuvo a punto de desmayarse y caer en las aguas negras que fluían más abajo. Solo la mano oportuna de Ramoncín evitó lo peor.

Por fin, después de más de una hora de espera, sacaron la cabeza por la tapa de la alcantarilla y comprobaron que el gato se había ido. Como era ya de noche, corrieron por las calles de la ciudad que estaban llenas de miles de luces de neón. Ramonete no había visto nunca algo parecido y se quedaba

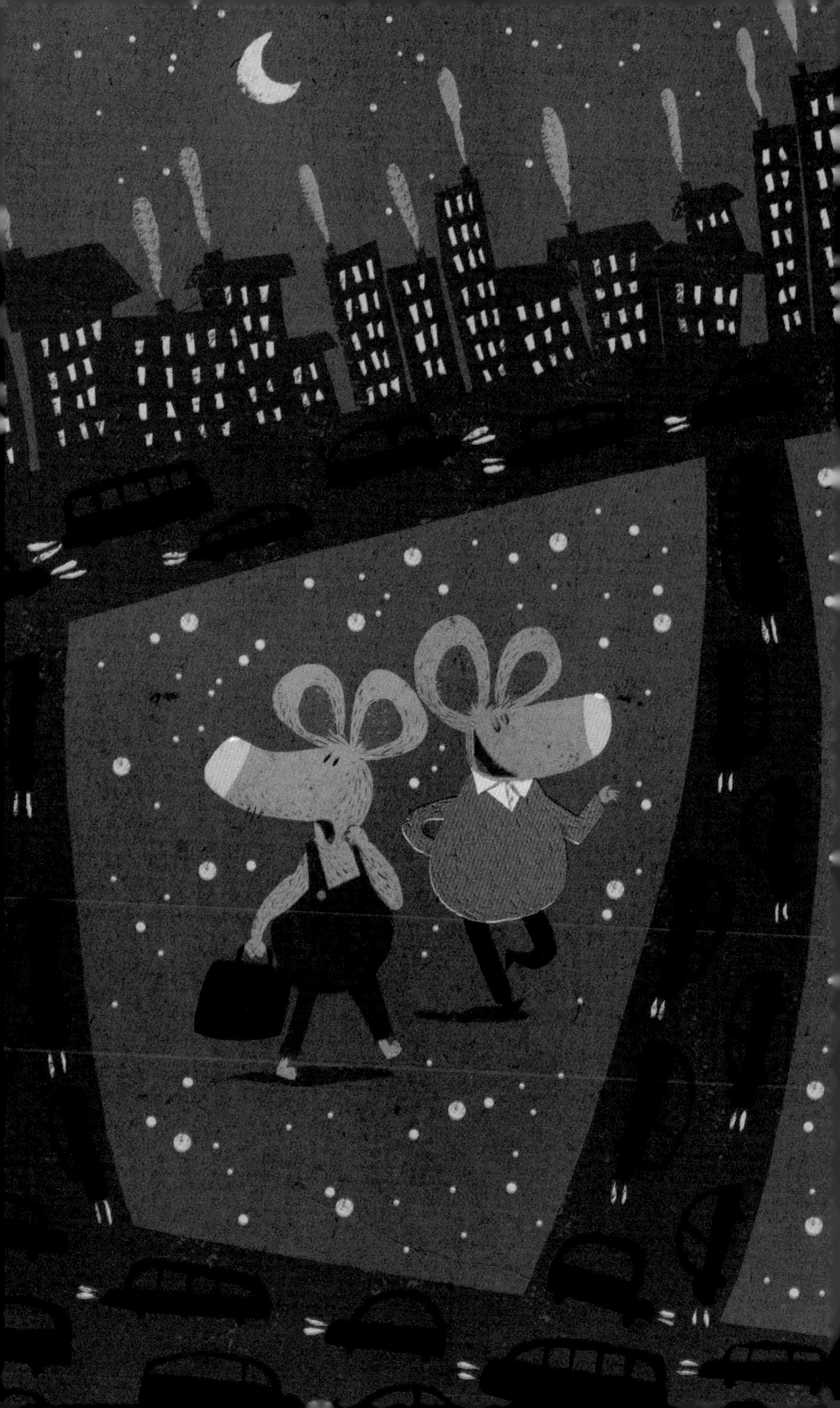

boquiabierto, mirando los anuncios luminosos, entonces Ramoncín le daba un empujón para que se apurara. Por alelado, diez veces estuvo a punto de ser atropellado en los cruces de vía y, otras diez veces, a punto de ser pisado por la gente que iba de un lado a otro como si se atrasara a alguna parte.

Ramonete estaba entre asustado y maravillado. La ciudad era como un monstruo deslumbrante, pero un monstruo al fin y al cabo. Lo peor vino cuando les tocó pasar por un callejón que tenía unas bolsas de basura. El lugar estaba lleno de gatos que rebuscaban entre los desperdicios.

—Corramos —le dijo Ramoncín—, estos gatos ya tienen bastante que comer, pero, si nos ven, seremos una parte de su cena de esta noche.

Corrieron en puntillas entre las sombras pero, a pesar de eso, estuvieron a punto de ser descubiertos por un gato negro que dormitaba cerca de una pared descascarada. Ramonete nunca había pasado un susto semejante, así que sintió un alivio enorme cuando Ramoncín se detuvo frente a una ranura y dijo:

—Hemos llegado, entra, por favor, primo.

Ramonete se deslizó de inmediato por la ranura y lo que vio lo dejó deslumbrado: estaban dentro de una casa donde olía a distintos tipos de comida y todo parecía muy moderno. Los muebles eran casi nuevos, había en la sala un televisor grande a todo color y desde la cocina les llegaba un ruido de cacerolas y la voz de una mujer y un niño.

—Hogar, dulce hogar —comentó, sonreído, Ramoncín.

Ramonete no lo podía creer. Así que en ese palacio era donde habitaba su primo

Ramoncín. Por el suelo había migas de pan que, para sorpresa de Ramonete, ninguna hormiga se había comido y, muertos de hambre como estaban, eso fue lo primero que royeron.

—Espera a que se vayan a dormir estas personas y vas a ver la cena que nos pegamos —le dijo Ramoncín, y se metieron en la ratonera.

Ahí permanecieron varias horas aguardando a que las luces se apagaran, pero en esa casa nadie se iba a dormir temprano, como sucedía en el campo. Ya eran más de las 8 y todo seguía igual. Dieron las 10 y las 11, pero las luces seguían prendidas. Ramonete se estaba empezando a quedar dormido, mientras la barriga le sonaba por el hambre.

—Duerme tranquilo —le dijo Ramoncín—, que yo te despierto cuando sea la hora.

Pero en esa casa era imposible dormir. El televisor sonaba a todo volumen. El equipo de sonido retumbaba en una habitación más allá. Unos ruidos extraños se escuchaban a lo lejos. Cuando por fin dieron las doce, Ramoncín le dijo:

—Ya falta poco, primo, en una hora más seguro que se duermen y vamos a ver qué es lo que han dejado sobre la cocina.

—Me muero del sueño y del hambre, primo —dijo Ramonete—. Esta casa es un infierno, hay demasiado ruido y luz para mi gusto —comentó con un suspiro.

Una hora y media más tarde, la casa quedó, por fin, en silencio, y los ratoncitos se deslizaron hacia la cocina. En efecto, como había dicho Ramoncín, ahí había un banquete sobre los platos sin lavar: restos de tostada, higo, queso, budín, chocolate y cereal, entre otras delicias. Se dieron un atracón y se fueron a dormir. Lastimosamente, Ramonete no pudo pegar ni un ojo debido a la indigestión y al ruido de la ciudad que no paraba en ningún instante, ni siquiera cuando eran más de las 4 de la mañana.

Al día siguiente, Ramoncín se levantó tarde pero muy ufano y le dijo a Ramonete que se preparara porque lo llevaría a conocer la gran ciudad, pero que, eso sí, antes debían desayunar los restos del desayuno que había sobre la cocina.

—Pero si todavía estoy lleno —se quejó el pobre Ramonete.

Sin prestarle atención, Ramoncín le dijo que debían ir con algo de comida en el estómago, pero no mucha, porque tenían que sortear gatos, autos y zapatos por el camino.

Ramonete no pudo más y le dijo a su primo que gracias, pero que para él era suficiente, que quería volver al campo.

—Pero si no conoces aún la ciudad —protestó Ramoncín.

—Conozco lo suficiente —dijo Ramonete—. Te agradezco de corazón por la invitación porque tenía muchas ganas de venir, pero, aunque de lo que he visto hay cosas que me han deslumbrado, este lugar que yo creía ordenado, eficiente y limpio, es un verdadero remolino y está lleno de peligros terribles. Aunque sin mayores comodidades, en mi campo tengo silencio, paz, tranquilidad y mucho tiempo para conversar, mirar las nubes y dormir la siesta. Allá, es cierto, no hay restos de budín ni de chocolate como aquí, yo como solo la cebada y el maíz de las granjas, pero sin tener que correr de un lado para otro, huyendo de gatos y humanos.

Ramoncín aceptó las razones de su primo y lo ayudó a llegar a la estación de buses.

Una vez allí, Ramoncín le prometió a Ramonete que pronto iría a visitarlo al campo.

—No sé si me aburra allá —le confesó—, a veces uno puede acostumbrarse tanto al caos y al ruido que el silencio no lo deja dormir.

Los primos se despidieron con un gran abrazo y de inmediato Ramonete se metió en la canasta de una señora que iba al campo. La canasta estaba llena de unas deliciosas empanadas.

Piensa en esto: *La paz y la tranquilidad son tesoros que muchas veces se pierden por ir en busca de emociones atractivas pero desgastantes.*

La niña
que vendía leche

Había una vez una niña que tenía una ima-
ginación muy grande. Un día que salió a vender leche por el barrio, cargando un tarro en
cada mano, pensó: «Cuando venda estos dos
tarros de leche, voy a comprar trescientos
huevos; cuando nazcan al menos los dos-
cientos pollitos, voy a venderlos y comprar
un vestido muy bonito, el más bonito de todos, y entonces lo luciré en el barrio cuando
lleguen las fiestas...». Estaba tan distraída
haciendo planes que, al poco rato, tropezó
con una piedra y se le regaron los dos tarros
de leche.

Cuando regresó llorando a casa, su mamá le preguntó:

—¿Qué pasó con los tarros de leche?

—Se me cayeron —dijo ella, entre sollozos.

—¿Y por qué se te cayeron?

—Porque iba pensando en lo que haría cuando vendiera la leche —gimoteó la niña.

Su madre la sentó sobre sus piernas y le dijo:

—¿Qué fue lo que aprendiste hoy?

La niña se quedó pensando un instante y entonces respondió:

—Que no debo distraerme, que debo concentrarme en lo que estoy haciendo.

—De acuerdo —comentó la mamá—, pero tal vez hayas aprendido otra cosa.

La niña dejó de llorar y dijo:

—No sé qué más aprendí, mami.

—No importa —dijo la mamá, y le pidió que fuera a jugar con sus hermanas.

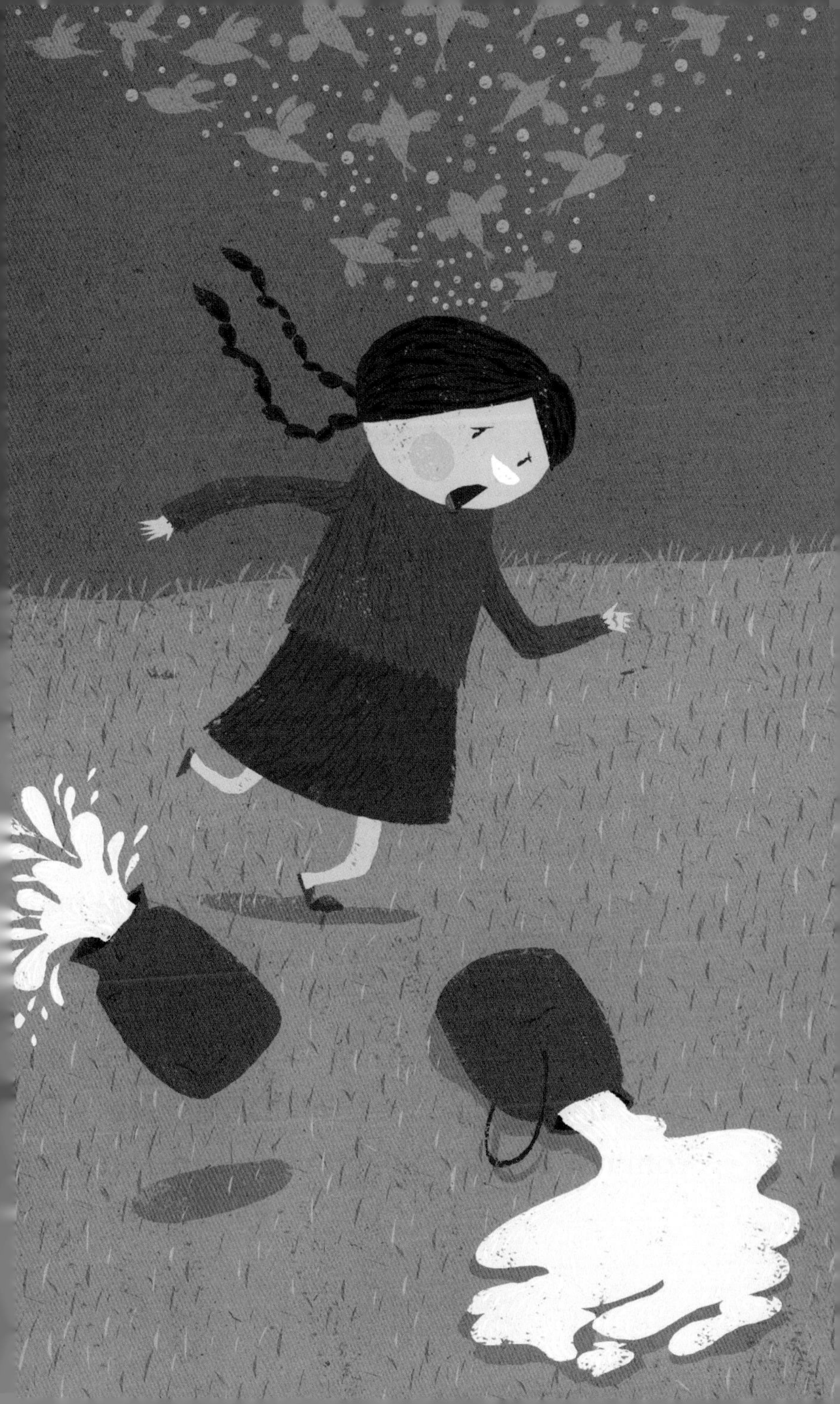

Al poco rato, volvió la niña.

—Ya sé qué otra cosa aprendí —exclamó.

La mamá se detuvo y la miró con una sonrisa.

—¿Y qué es eso? —preguntó.

—Mami, mientras llevaba los tarros de leche, pensaba en que al venderlos compraría muchos huevos y, cuando tuviera muchos pollitos, me compraría un vestido muy lindo.

—Eso está bien —dijo la mamá.

—Sí —respondió la niña—, pero es que yo quería el mejor de todos los vestidos para que los demás me envidiaran.

—Ah —dijo la mamá—, como habrás visto, no está mal hacer planes, no está mal querer comprarse algo bonito para uno, ¿verdad?

—Sí —razonó la niña—, pero tal vez no debí desear que me envidiaran. Con solo comprar el vestido habría sido suficiente.

—Si eso es lo que piensas, me parece bien —dijo la mamá—. A mí, lo que me gusta de lo que me has dicho es que, a propósito de la caída que tuviste, has pensado en todo lo que hiciste. Ahora, anda a jugar, que mañana, cuando vayas a vender la leche, de seguro estarás más atenta y quizá hasta puedas comprarte un vestido solo porque es bonito y te hace sentir bien.

La niña salió alegre a jugar. Estaba tan feliz de que su mamá fuera tan serena, tan comprensiva con sus errores, que tenía ganas de saltar hasta el cielo de la felicidad. Aunque estaba segura de que así era, no les dijo a sus amigos que tenía la mejor mamá del mundo porque esta vez no quería que los demás le envidiaran semejante regalo de la vida.

Piensa en esto: *Todos cometemos errores, pero lo importante es reflexionar en lo que hicimos mal para no volverlos a cometer.*

Piensa también en esto: *A veces no se puede evitar que nos envidien por lo que tenemos, pero andar por ahí tratando de que nos tengan envidia es un error.*

Burradas

Había una vez un burro
que una flauta se encontró.
Sobre el pasto reposaba
el objeto bajo el sol.

El burro, muy curioso,
a la flauta se acercó
y al olerla muy fuerte,
esta de pronto sonó.

—Caray —dijo el burro al punto—,
miren nada más qué hermoso,
no solo que no soy tonto,
soy un músico famoso.

Así sucede cuando algunos
logran algo por casualidad
y enseguida se creen
unos maestros de verdad.

Trabaja, navaja

Dijo una navaja muy brillante:
—Soy tan bella, tan elegante,
que no quiero trabajar más,
que trabajen las navajas feas,
que yo ya he trabajado de más.

Pasó el tiempo y la navaja se oxidó,
y muy triste comprendió al dedillo
que era el trabajo lo que le daba brillo.

Así, algunos creen que ociosos
la vida pueden pasar,
sin comprender que, al final,
lo que cuenta es lo que se da.

¡Qué caballo tan burro!

Un burro cargado de piedras,
a un caballo le rogó:
—Ayúdame, que estoy agotado
y es posible que me pierdas.

—No me interesa
—el caballo contestó—
si te pesa o no te pesa,
aquí quien importa soy yo
y a mí me encanta la pereza.
Mas sucedió que esa tarde,
el burro desfalleció,
y el caballo con las piedras cargó.
Así les pasa a algunos
que por no ayudar,
luego, tienen doble trabajo.

Sí se puede

Había tres hermanos

que siempre peleaban:
«Que yo no fui, que tú sí,
que no, que no, que sí, que sí»,
decían, gritaban, despotricaban.
El papá, harto de oírlos pelear,
los llamó a conversar.
Una varita le dio a cada uno
y les explicó:
—Intenten romperlas
si tan forzudos son.
Los tres las rompieron
en un segundo
y se echaron a reír.

—Escuchen lo que está por venir
—dijo el padre muy frío—:
tomen tres varitas cada uno
e intenten romperlas con brío.
Mas no pudieron
por más que lo intentaron,
y el papá concluyó:
—Separados, como estas varitas,
débiles, frágiles son,
en cambio, son invencibles
cuando están juntos de corazón.
Espero que entiendan, hijos míos,
lo que dicta la razón,
que la mayor fortaleza
está en la unión.
Así, hay familias y pueblos
que peleando entre sí pasan;
al no mirar juntos hacia adelante,
la desgracia amasan.

Homenaje a doña Aleja Mora (también conocida como Mora Aleja)

Resulta que en una noche sin luna,
en el barrio se fue la luz.
El que menos se tropezó
y hasta el alcalde se descalabró,
menos la señora Aleja Mora
que en un instante una cerilla encendió.

—Recuerden esto, vecinos míos
—dijo la señora en medio del desvarío—:
El orden es luz en la oscuridad.
Lo mismo digo yo
y, pues, ya no hay moraleja
ante tanta verdad.

Edgar Allan García

Autor

Nació en Guayaquil en 1958, creció en Esmeraldas y vive en Quito. Ha publicado más de cuarenta libros en los géneros de cuento, poesía, novela, ensayo y literatura infantil y juvenil. Su obra ha obtenido varios reconocimientos tanto en Ecuador como en el extranjero. Entre los nacionales destacan: el Premio Bienal de Poesía César Dávila Andrade, el Premio Nacional Darío Guevara Mayorga en varias ocasiones, la Bienal de Poesía de Cuenca y el Premio Nacional de Narrativa Ismael Pérez Pazmiño. Sus libros se han editado en España, México, Argentina y Venezuela. Consta en importantes antologías de América Latina.

En Santillana Ecuador ha publicado:

- *Leyendas del Ecuador 1* (2000)
- *Palabrujas* (2002)
- *El País de los Juguetes* (2003)
- *Historias espectrales* (2006)
- *Los sueños de Avelina* (2008)
- *Fábulas vueltas a contar* (2011)
- *Cuentos de Tío Tigre, Tío Conejo y Juan Bobo* (Premio Nacional Darío Guevara Mayorga, 2013)
- *Leyendas del Ecuador 2* (2014)
- *Nanocuentos* (2015)

Cuaderno
de actividades

Para empezar

1 **Observa** la portada del libro. ¿Sobre qué crees que tratan estas fábulas? **Escríbelo.**

En la mayoría de fábulas, los animales presentan características humanas, afrontan problemas y resuelven desafíos que concluyen con una enseñanza.

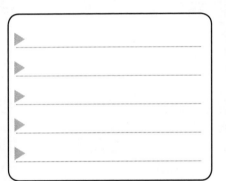

2 **Pinta** con amarillo las virtudes y con rojo los defectos.

egoísmo	**honestidad**	puntualidad
responsabilidad	cortesía	**envidia**
codicia	deslealtad	descuido

Desarrollar estrategias cognitivas como: lectura de los paratextos, establecer el propósito de lectura, relectura, relectura selectiva y parafraseo para autorregular la comprensión de textos.

3 ¿Has escuchado la palabra *moraleja*? En este libro leerás algunas. **Averigua** su significado y **escribe** un acróstico con ella.

M
O
R
A
L
E
J
A

4 Si pudieras convertirte en un animal, ¿cuál te gustaría ser? **Dibújalo** y **explica** por qué lo elegiste.

Relacionar los textos literarios leídos o escuchados con su propio contexto.

Mientras leo

1 **Resuelve** el crucigrama.

HORIZONTALES

a Estación más fría del año.

b Lugar donde viven las hormigas.

c Lo que le gustaba hacer a la hormiguita de la fábula.

d Lo que le gustaba hacer a la cigarra.

e Lo que surgió entre la cigarra y la hormiga.

f VERTICAL

Animal que cantaba «cri, cri, cri... cra, cra, cra».

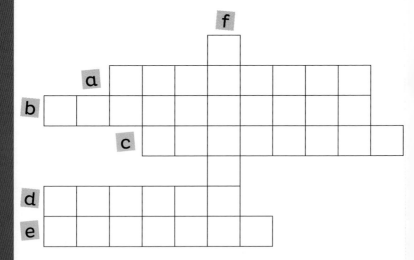

Aplicar los conocimientos lingüísticos (léxicos, semánticos, sintácticos y fonológicos) en la decodificación y comprensión de textos.

2 **Sigue** los pasos y **crea** el origami de la veloz liebre.

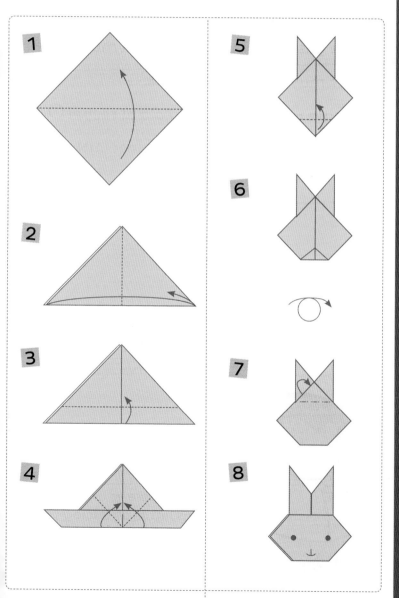

Recrear textos literarios con nuevas versiones de escenas, personajes u otros elementos.

3 **Observa** este acróstico doble. Luego, **crea** uno con la palabra ratón.

L e gusta dormir y detesta el maL

E s muy robusto y grandE

O dia la traición y aprecia el respetO

N unca olvida una buena leccióN.

112

R	....	R
A	....	A
T	....	T
O	....	O
N	....	N

Un acróstico doble es un texto en el cual las letras de inicio y fin de cada línea forman una misma palabra, en sentido vertical.

Recrear textos literarios con nuevas versiones de escenas, personajes u otros elementos.

4 Se han desordenado las palabras. **Ordénalas** y **escribe** la frase.

> hacer quieras cosas , trabajar en
> debes equipo Cuando importantes .
>
> ▷ ....
>
> ▷ ....
>
> ▷ ....
>
> ▷ ....

5 **Ayuda** al hombre del hacha a llegar a sus árboles.

Aplicar los conocimientos lingüísticos (léxicos, semánticos, sintácticos y fonológicos) en la decodificación y comprensión de textos.

6 **Recorta** las piezas de la página 121 y **arma** el rompecabezas.

Recrear textos literarios leídos o escuchados (privilegiando textos ecuatorianos, populares y de autor), con diversos medios y recursos (incluidas las TIC).

7 **Encuentra**, en la sopa de letras, las palabras de esta moraleja: «El chisme es una forma de contaminación del mundo que te rodea».

E	L	Q	X	Z	S	T	Y	P	Ñ	K	U	M	D
S	Q	C	H	I	S	M	E	R	T	Y	N	J	E
Q	S	P	K	Ñ	L	H	J	K	H	G	A	K	R
E	S	P	L	K	J	H	G	Y	F	R	T	L	Q
Z	X	Q	X	C	X	S	Z	C	O	R	Q	R	U
Z	M	U	N	D	O	E	R	T	R	N	M	F	E
B	S	D	E	D	F	R	G	H	M	M	N	R	Z
N	C	O	N	T	A	M	I	N	A	C	I	O	N
Q	S	E	R	T	D	S	P	Ñ	K	L	H	T	Y
D	E	L	A	S	D	F	E	R	R	O	D	E	A
Z	X	C	V	T	E	Z	X	C	V	B	H	J	Z

Aplicar los conocimientos lingüísticos (léxicos, semánticos, sintácticos y fonológicos) en la decodificación y comprensión de textos.

Después de mi lectura

1 **Completa** el mural con imágenes y frases que traten sobre virtudes y defectos.

Un amigo fiel es un alma en dos cuerpos.
Aristóteles

«El infortunio pone a prueba a los amigos y descubre a los enemigos».
Epicteto

Recrear textos literarios leídos o escuchados (privilegiando textos ecuatorianos, populares y de autor), con diversos medios y recursos (incluidas las TIC).

«SI QUIERES AUMENTAR TU RIQUEZA, DISMINUYE TU CODICIA».
EPICURO

Después de mi lectura

2 Junto con tus compañeros y el profesor o la profesora, **realicen** la siguiente actividad: **ubíquense** en una sala amplia, **cúbranse** los ojos con un pañuelo y **organícense** bajo diferentes condiciones dictadas por el o la docente. Por ejemplo: «Formar una columna desde la persona más alta hasta la más pequeña», o «Unirse en grupos de tres».

Después de la actividad, **respondan**:

¿Fue necesario organizarse y trabajar en equipo para lograr los objetivos?	¿Qué conclusión se puede obtener de esta actividad?
▸ _____ _____ _____ _____	▸ _____ _____ _____ _____

«Cuando quieras hacer cosas importantes, debes trabajar en equipo y de esa forma lo harás mejor y en menos tiempo».

Construir criterios, opiniones y emitir juicios del contenido de un texto al distinguir realidad y ficción, hechos, datos y opiniones.

Ficha de lectura

Mi nombre: ....

Año: ....

Título de la obra: ....

....

Autor: ....

....

Ilustrador: ....

....

Número de páginas: ....

Editorial: ....

Año de publicación: ....

Sobre los personajes

1 **Dibuja** el personaje que te haya dejado el mensaje más significativo.

Ficha de lectura

Sobre los escenarios y la historia

2 **Dibuja** la escena que más llamó tu atención.

¿Cómo te sentiste al leer este libro?

Me encantó.　　Me gustó.　　Lo disfruté poco.

Recortables para la actividad de la página 114.

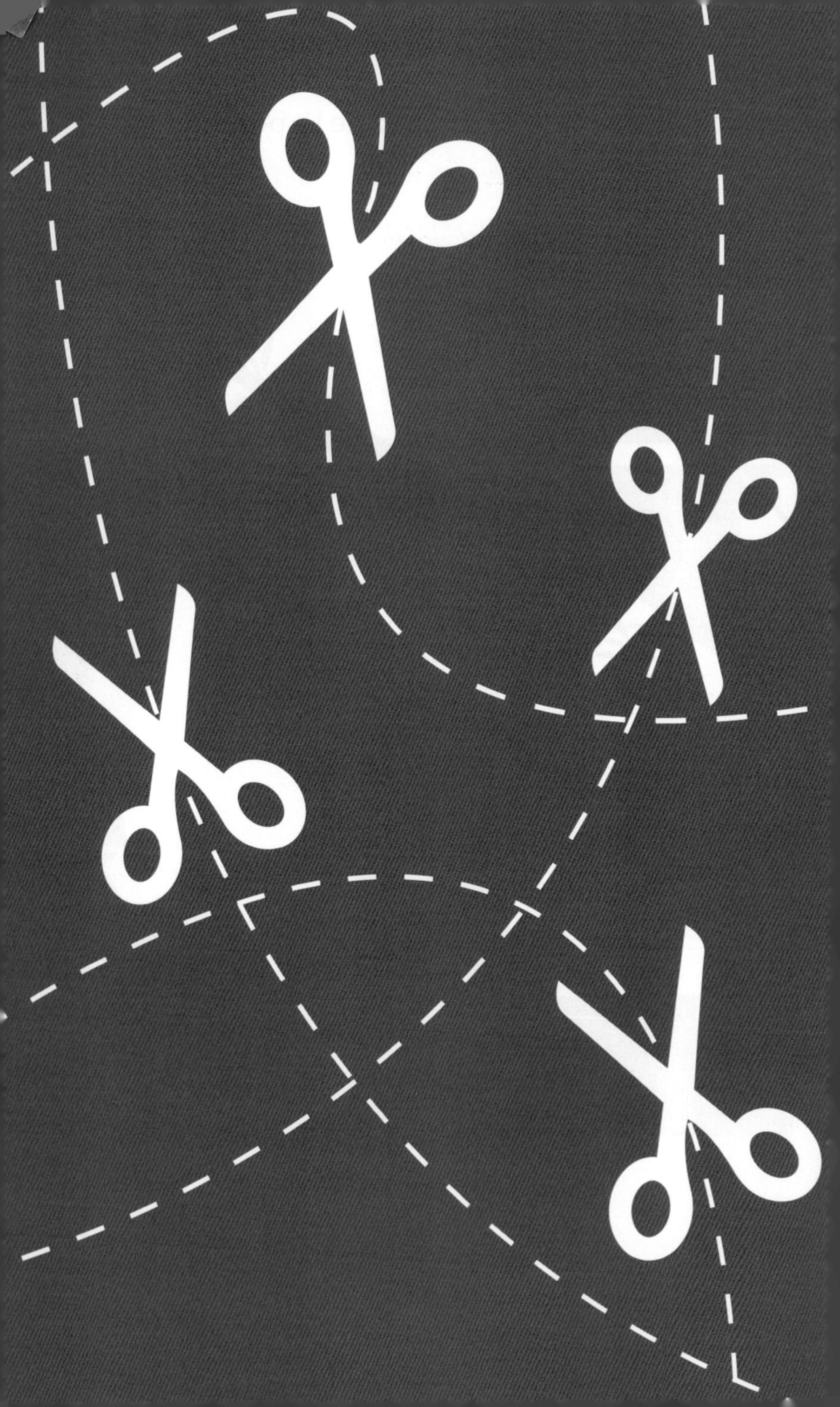

Palabrujas

Edgar Allan García

«Un secreto: cuando las palabras se ponen altaneras, se vuelven palabrotas y cuando se ponen majaderas, se vuelven palabrejas. Pero cuando les da por hacer magia, se las conoce en el mundo de los unicornios como palabrujas».

Cuentos de Tío Tigre, Tío Conejo y Juan Bobo

Edgar Allan García

En esta obra se encuentran algunos de los personajes más ingeniosos y divertidos de la tradición popular oral del país: Tío Tigre, que representa el poder de la fuerza; Tío Conejo, el poder de la inteligencia; y Juan Bobo, que encuentra siempre una solución ingeniosa para todas las dificultades.

Leyendas del Ecuador 1

Edgar Allan García

El autor recrea 18 leyendas ecuatorianas, destinadas a niños y jóvenes de habla hispana. Lo hace con un estilo dinámico, sencillo y mágico, sin olvidar los valores esenciales de nuestra tradición.

Aquí acaba este libro
escrito, ilustrado, diseñado, editado, impreso
por personas que aman los libros.
Aquí acaba este libro que tú has leído,
el libro que ya eres.

loqueleo